Supplément au voyage de Bougainville

FichesdeLecture.com

Supplément au voyage de Bougainville (Fiche de lecture)

I. INTRODUCTION

Le *Supplément au voyage de Bougainville* ou *Dialogue entre A et B sur l'inconvénient d'attacher des idées morales à certaines actions physiques qui n'en comportent pas* est un conte philosophique écrit par Denis Diderot (1713-1784), publié en volume pour la première fois en 1796, donc après la mort de l'écrivain et philosophe français.

L'ouvrage s'inscrit dans un triptyque de contes moraux rédigés en 1722. Il est donc précédé de *Ceci n'est pas un conte* et de *Madame de la Carlière*.

II. RESUME DE L'ŒUVRE

Chapitre I : Jugement du voyage de Bougainville

Le dialogue s'ouvre sur deux personnages qui attendent que le brouillard se lève pour pouvoir continuer leur périple. Leurs échanges semblent être la suite d'une conversation déjà entamée. Deux personnages, A et B, discutent du *Supplément au Voyage autour du monde* écrit par Bougainville, que B est en train de lire. A n'a pas lu l'œuvre, c'est pourquoi il pose de nombreuses questions sur le voyage de Bougainville et la personnalité de celui-ci. Les réponses de B nous apprennent que Bougainville était un homme « curieux qui passe d'une vie sédentaire et de plaisirs au métier actif, pénible, usant et dissipé du voyageur ». Suite aux informations sur le périple lui-même, B présente à A les difficultés rencontrées, les maladies, le difficile accès aux secours, etc. Ensuite sont développées des réflexions sur quelques évènements marquants du voyage : les Jésuites en Uruguay, la déstabilisation des Patagons, ou encore la question des « sauvages ». Enfin, Aotourou est introduit ; B rappelle qu'il s'agit d'un Tahitien qui a accompagné Bougainville à Paris, permettant une véritable réflexion sur les différences de mœurs entre sociétés. Le Chapitre I se clôt sur la levée du brouillard, qui permet aux personnages de repartir. B encourage une dernière fois son compagnon à lire la suite du récit : « Tenez, lisez… ». C'est par cette ouverture que Diderot peut présenter la suite du récit comme un extrait de celui de Bougainville.

Chapitre II : les adieux du vieillard

Le Chapitre II nous emmène à Tahiti, d'où partent les Européens. Un vieillard, qui s'était totalement refermé sur lui-même à l'arrivée de ces derniers, et incarnat la sagesse dans sa société, s'adresse à ses semblables pour critiquer la tristesse qu'ils éprouvent. En effet, il considère que les Européens sont des envahisseurs, et que c'est leur arrivée qu'il faut pleurer, non leur départ. Il avertit même du danger d'un possible retour des colonisateurs, une éventualité qui serait fatale aux tahitiens : « vous servirez sous eux » et (serez) « aussi malheureux qu'eux ».

Se tournant ensuite vers « le chef des brigands » Bougainville, il lui reproche avec mépris d'avoir influencé négativement sa société. Il dresse un portrait machiavélique des envahisseurs Européens qui, selon lui, ne visent qu'à détruire leur bonheur. Puis le discours évolue vers l'éloge de la vie sauvage, qui vient compléter une critique acerbe des Européens. Le sage vieillard cite tous les maux causés par ces derniers : développer la jalousie et la rivalité entre les Tahitiens, restreindre leur liberté, voler leurs biens, les dénaturer et les pervertir.

Cette accusation vise en fait l'ensemble des comportements « civilisateurs » des sociétés européennes en quête de colonies. Le vieillard finit d'ailleurs par maudire l'équipage de Bougainville, souhaitant que les « mers coupables » se vengent lors du retour et les « engloutissent ».

Nous revenons à A et B, en pleine discussion sur la véracité du discours du Tahitien (et non sur les arguments eux-mêmes). En effet, il n'y a nulle trace de cet épisode dans l'ouvrage de Bougainville ; Diderot met en place un stratagème consistant à faire croire que ce dernier a voulu épargner la sensibilité des Européens. Le chapitre s'achève sur l'évocation de Barré, la maîtresse de Commerson, qui s'était déguisée en homme pour embarquer sur un bateau à Saint-Malo.

Chapitre III : Entretien de l'aumônier et d'Orou

Diderot nous présente ici les deux protagonistes de l'entretien. Orou est un homme marié âgé de 36 ans et qui a trois filles (Palli, Thia et Asto), et l'aumônier, son interlocuteur, a le même âge. Orou est l'hôte de ce dernier, et selon le code de l'hospitalité de sa société, il offre à son invité la possibilité de choisir une femme pour la nuit. L'aumônier refuse au nom de « sa religion, son état, les bonnes mœurs et l'honnêteté ». Cela fait réagir Orou et provoque une discussion entre les deux hommes. Le jésuite finit par céder et passe la nuit avec Thia.

Le jour suivant, Orou interroge son invité sur la signification du mot « religion ». Le jésuite lui explique les conceptions chrétiennes d'un Dieu unique et tout-puissant, de l'ordre du monde, de la morale, du bien et du mal et des interdictions qui en découlent. Orou répond longuement et explique que ces conceptions sont contraires à la Nature, mais aussi la Raison. L'homme est libre, ce qui signifie qu'il n'appartient à personne. Les lois morales et sociales aussi bien que juridiques ne sont donc pas fondées. L'homme doit se focaliser sur le respect de la nature et le bien. En retour, le jésuite interroge Orou sur le mariage ; ce dernier lui donne une réponse en accord avec la nature, et explique que plus une femme a d'enfants, plus elle est convoitée (c'est un culte de la maternité en tant que phénomène naturel). Les enfants sont donc une richesse. La conversation s'oriente vers les rituels qui concernent les jeunes de l'île.

A intervient pour commenter un commentaire de l'aumônier (sous forme de note ajoutée au texte) sur la sagesse de cette vision du mariage, qui respecte la liberté de l'individu. Diderot utilise à nouveau l'excuse de la censure pour justifier l'absence du passage chez Bougainville.

Comme le chapitre précédent, celui-ci s'achève sur une anecdote contemporaine, celle de Miss Poly Baker, punie par la loi pour avoir eu un enfant hors mariage.

Chapitre IV : Suite de l'entretien de l'aumônier et avec l'habitant de Tahiti

Ce chapitre n'est pas introduit, ce qui le différencie des autres. Il reprend en fait la conversation du Chapitre III entre le jésuite et Orou. Le Tahitien développe sa conception du mariage et de la maternité, tout en insistant sur la liberté sexuelle qui règne sur l'île. Par conséquent, adultère et inceste sont des notions inconnues. Par exemple, si une fille est trop laide et n'a pas d'enfant, car pas de mari, son père doit la mettre enceinte.

Sur la question du libertinage amoureux, Orou donne des informations sur les éléments suivants : les femmes portent des voiles de couleurs différentes, selon un code obligatoire. Si le voile est blanc, la jeune fille est vierge et pré pubère, et ne peut donc se laisser séduire. S'il est gris, elle est en impossibilité temporaire de procréer ; et si le voile est noir, la femme est en ménopause. Elle doit donc arrêter de s'adonner à l'amour, sous peine d'exil ou d'esclavage. L'ensemble de ces codes et pratiques souligne que la sexualité n'a pour but que la procréation.

L'entretien se conclut sur l'absurdité de l'abstinence des religieux/ses catholiques, car ce vœu est contraire à la nature.

Chapitre V : Suite du dialogue entre A et B

Le dernier chapitre montre qu'A et B approuvent les mœurs tahitiennes et rejettent donc les lois artificielles et arbitraires de la civilisation. Ils discutent ensuite des « conventions de la vie amoureuse » (fidélité, pudeur...) en vigueur en Europe, en les comparant à la nature.

Ensuite, les compagnons poursuivent sur les conséquences négatives de ces lois, qui sont suivies d'un réquisitoire contre les sociétés européennes qui ont rejeté les lois naturelles, faisant de l'homme civilisé un être malheureux. Le beau temps revient, marquant la fin de la discussion et la poursuite de leur promenade.

III. LES PROTAGONISTES DU SUPPLÉMENT

Cet ouvrage a comme spécificité d'être un dialogue entre deux protagonistes désignés par les lettres **A et B.** Nous ne savons rien d'eux, puisqu'ils n'ont même pas de noms. On les devine curieux, bons orateurs et vifs d'esprit.

A n'a pas lu l'ouvrage, mais il a déjà entendu parler de Bougainville et quelques notions de son œuvre lui sont déjà familières.

B s'exprime plus, car il a lu le *Voyage* et le raconte à son ami.

A et B représentent des hommes cultivés et curieux, typiques de l'esprit du Siècle des Lumières.

Leurs paroles permettent également d'esquisser un portrait de **Bougainville,** célèbre mathématicien et explorateur. S'il est d'abord présenté comme « bizarre » (« je n'entends rien à cet homme-là »), force est de constater que l'homme exerce une fascination sur ses lecteurs : il sort de l'ordinaire, c'est un explorateur, il pose de nombreuses questions sur le monde. À la fois voyageur et mathématicien, sa vie n'apparaît pas comme une existence unifiée et lisse, et c'est un homme de savoir. L'image de Bougainville semble donc fasciner Diderot. Mais cela n'exclut pas des éléments négatifs : face aux Tahitiens, par exemple, il est le « chef des brigands » venu détruire la vie naturelle des habitants de l'île.

Orou est très présent dans le *Supplément*. Il a un temps de parole très important et se révèle être un excellent orateur, doté d'une grande sagesse. Sur plusieurs points, il incarne le « bon sauvage » ; innocence et naïveté, droiture du jugement... On rejoint ici l'image de l'Ingénu de Voltaire : "n'ayant rien appris dans son enfance, il n'avait point appris de préjugés. Son entendement, n'ayant point été courbé par l'erreur, était demeuré dans toute sa rectitude. Il voyait les choses comme elles sont [...]." Mais Orou joue un rôle différent chez Diderot : il sert à dénoncer les absurdités de la civilisation européenne, et en fait un représentant masqué des philosophes des Lumières. En même temps, son aisance de parole donne un aspect vivant et comique au texte.

L'aumônier est également important. Jésuite, il devient un véritable personnage de comédie lors des dialogues avec Orou ; il ne cesse de s'exclamer, par exemple : « Mais ma religion ! Mais mon état ! ». Cependant, le religieux, par son honnêteté et sa capacité à écouter la critique, facilite la dénonciation de la civilisation européenne et permet de transmettre le message d'Orou, et donc de Diderot.

IV. AXES D'ANALYSE

Critique de la colonisation

Si les motivations et accomplissements de Bougainville sont présentés comme admirables, en revanche l'intervention des sociétés européennes au sein de sociétés « primitives » est dénoncée pour ses effets néfastes. Cela transparaît notamment dans la harangue du vieillard. En effet, on passe du « désir de voir, de s'éclairer et d'instruire » aux « inutiles lumières » et à une mission civilisatrice qui bafoue les mœurs et la liberté des populations envahies.

Dès lors, il n'est pas surprenant que le champ lexical qualifiant les colonisateurs soit abrupt et péjoratif : « vils et corrompus », « infecté », « égorgé », « vertus chimériques ». Bien que les Lumières souhaitent répandre la culture et l'enseignement des idées, Diderot refuse cette mission civilisatrice sous la forme de la colonisation.

Le mythe du bon sauvage

Les récits de voyage sont à l'origine de ce mythe, qui exalte l'innocence des sociétés primitives et les qualités morales attachées à ses individus : loyauté, liberté, courage, franchise… De nombreux auteurs, de Montaigne (les *Essais)* à Rousseau, ont repris cette image à leur manière, afin de dénoncer les dérives de leur propre société. Privilégiant la nature, la liberté et le partage à la société, aux règles religieuses et morale et à la propriété, les « bons sauvages » sont bien un mythe, un idéal permettant de réfléchir à la réalité. Dans son *Discours sur l'origine et les fondements de l'inégalité parmi les hommes (1755)*, Rousseau écrit d'ailleurs qu'il s'agit d'« …un état qui n'existe plus, qui n'a peut-être jamais existé, qui probablement n'existera jamais…"

C'est ne fait l'éloge de la vie sauvage qui l'emporte : simplicité, sobriété, fraternité et liberté en sont les caractéristiques principales.

L'opposition entre nature et société

Les lois

Diderot interroge en fait la légitimité et le fondement des lois, notamment Européennes. Comment expliquer la nécessité de codes dans la société ? Quel rapport entretenir avec l'ordre naturel, qui est lui beaucoup plus souple ? Le dialogue entre Orou et l'aumônier met en lumière l'absurdité de lois artificielles qui s'éloignent de la nature, qu'elles soient morales, juridiques ou religieuses. Mais surtout, elles portent en elles une contradiction vouée à rendre l'homme malheureux et à susciter le conflit dans les sociétés (jalousie, envie).

La religion n'échappe pas à la critique ; le vœu de chasteté est appelé « vœu de stérilité », en opposition totale avec l'ordre naturel des choses. Même la position de Dieu est tournée en dérision : "il commande et il n'est pas obéi ; il peut empêcher et il n'empêche pas."

La sexualité et les mœurs

Le discours d'Orou permet de défendre une certaine idée de la liberté sexuelle, basée sur l'idée que la nature n'exige qu'une loi : la procréation. A Tahiti, femmes et filles sont « communes » à tous. C'est pour cela d'ailleurs que l'aumônier, en tant qu'invité, se voit offrir les 3 femmes et l'épouse d'Orou pour la nuit.

Avoir un enfant est si important qu'il est du devoir d'un père de mettre enceinte sa fille si les autres hommes la délaissent. Nous sommes donc loin, dans les mœurs, de la condamnation de l'inceste ou encore de l'adultère en Europe. Et finalement, cela explique aussi que la seule chose positive obtenue des Européens, d'après Orou, est le fait qu'ils aient fécondé de jeunes tahitiennes : "Quand tu t'éloigneras, tu nous auras laissé des enfants ; ce tribut levé sur ta propre substance, à ton avis, n'en vaut-il pas bien un autre ? ".

La question de la sexualité est récurrente chez Diderot. Généralement, il prône la liberté, à condition qu'elle ne blesse personne.

Une œuvre protéiforme

Le Supplément au voyage de Bougainville est un mélange de dialogue, de conte philosophique et de débat.

Le dialogue sert ici à offrir plusieurs types de perspectives :

- une perspective chronologique
- une perspective de débat d'idées
- une perspective didactique, qui n'est pas sans rappeler la maïeutique et le dialogue socratique. Questionner, informer et échanger sont alors des outils de réflexion et de transmission de messages.

Mais surtout, il permet d'organiser un récit lui-même basé sur une structure enchâssée. L'analyse du titre complet nous révèle la complexité de l'ouvrage : ***« Supplément au Voyage de Bougainville ou Dialogue entre A et B sur l'inconvénient d'attacher des idées morales à certaines actions physiques qui n'en comportent pas »*** :

- On apprend d'abord qu'il va s'agir d'un complément de récit de voyage (et finalement, ce n'est pas le cas)
- Le « dialogue », qui est une structure classique chez Diderot. Mais ni A ni B ne sont les porte-parole de l'auteur.
- Enfin le thème annoncé du dialogue laisse à penser qu'il va s'agir uniquement de la question de la morale sexuelle, ce qui n'est pas le cas…

Dans la même collection en numérique

Les Misérables
Le messager d'Athènes
Candide
L'Etranger
Rhinocéros
Antigone
Le père Goriot
La Peste
Balzac et la petite tailleuse chinoise
Le Roi Arthur
L'Avare
Pierre et Jean
L'Homme qui a séduit le soleil
Alcools
L'Affaire Caïus
La gloire de mon père
L'Ordinatueur
Le médecin malgré lui
La rivière à l'envers - Tomek
Le Journal d'Anne Frank
Le monde perdu
Le royaume de Kensuké
Un Sac De Billes
Baby-sitter blues
Le fantôme de maître Guillemin
Trois contes
Kamo, l'agence Babel
Le Garçon en pyjama rayé
Les Contemplations

Escadrille 80

Inconnu à cette adresse

La controverse de Valladolid

Les Vilains petits canards

Une partie de campagne

Cahier d'un retour au pays natal

Dora Bruder

L'Enfant et la rivière

Moderato Cantabile

Alice au pays des merveilles

Le faucon déniché

Une vie

Chronique des Indiens Guayaki

Je voudrais que quelqu'un m'attende quelque part

La nuit de Valognes

Œdipe

Disparition Programmée

Education européenne

L'auberge rouge

L'Illiade

Le voyage de Monsieur Perrichon

Lucrèce Borgia

Paul et Virginie

Ursule Mirouët

Discours sur les fondements de l'inégalité

L'adversaire

La petite Fadette

La prochaine fois

Le blé en herbe

Le Mystère de la Chambre Jaune

Les Hauts des Hurlevent

Les perses

Mondo et autres histoires

Vingt mille lieues sous les mers

99 francs

Arria Marcella

Chante Luna

Emile, ou de l'éducation

Histoires extraordinaires

L'homme invisible

La bibliothécaire

La cicatrice

La croix des pauvres

La fille du capitaine

Le Crime de l'Orient-Express

Le Faucon malté

Le hussard sur le toit

Le Livre dont vous êtes la victime

Les cinq écus de Bretagne

No pasarán, le jeu

Quand j'avais cinq ans je m'ai tué

Si tu veux être mon amie

Tristan et Iseult

Une bouteille dans la mer de Gaza

Cent ans de solitude

Contes à l'envers

Contes et nouvelles en vers

Dalva

Jean de Florette

L'homme qui voulait être heureux

L'île mystérieuse

La Dame aux camélias

La petite sirène

La planète des singes

La Religieuse

1984 A l'Ouest rien de nouveau

Aliocha

Andromaque

Au bonheur des dames

Bel ami

Bérénice

Caligula

Cannibale

Carmen

Chronique d'une mort annoncée

Contes des frères Grimm

Cyrano de Bergerac

Des souris et des hommes

Deux ans de vacances

Dom Juan

Electre

En attendant Godot

Enfance

Eugénie Grandet

Fahrenheit 451

Fin de partie

Frankenstein

Gargantua

Germinal

Hamlet

Horace

Huis Clos

Jacques le fataliste

Jane Eyre

Knock

L'homme qui rit

La Bête humaine

La Cantatrice Chauve

La chartreuse de Parme

La cousine Bette

La Curée

La Farce de Maitre Pathelin

La ferme des animaux

La guerre de Troie n'aura pas lieu

La leçon

La Machine Infernale

La métamorphose

La mort du roi Tsongor

La nuit des temps

La nuit du renard

La Parure

La peau de chagrin

La Petite Fille de Monsieur Linh

La Photo qui tue

La Plage d'Ostende

La princesse de Clèves

La promesse de l'aube

La Vénus d'Ille

La vie devant soi

L'alchimiste

L'Amant

L'Ami retrouvé

L'appel de la forêt

L'assassin habite au 21

L'assommoir

L'attentat

L'attrape-coeurs

Le Bal

Le Barbier de Séville

Le Bourgeois Gentilhomme

Le Capitaine Fracasse

Le chat noir

Le chien des Baskerville

Le Cid

Le Colonel Chabert

Le Comte de Monte-Cristo

Le dernier jour d'un condamné

Le diable au corps

Le Grand Meaulnes

Le Grand Troupeau

Le Horla

Le jeu de l'amour et du hasard

Le Joueur d'échecs

Le Lion

Le liseur

Le malade imaginaire

Le Mariage de Figaro

Le meilleur des mondes

Le Monde comme il va

Le Parfum

Le Passeur

Le Petit Prince

Le pianiste

Le Prince

Le Roman de la momie

Le Roman de Renart

Le Rouge et le Noir

Le Soleil des Scortas

Le Tartuffe

Le vieux qui lisait des romans d'amour

L'Ecole des Femmes

L'Ecume Des Jours

Les Bonnes

Les Caprices de Marianne

Les cerfs-volants de Kaboul

Les contes de la Bécasse

Les dix petits nègres

Les femmes savantes

Les fourberies de Scapin

Les Justes

Les Lettres Persanes

Les liaisons dangereuses

Les Métamorphoses

Les Mouches

Les Trois mousquetaires

L'étrange cas du Dr Jekyll et de Mr Hyde

L'Ile Au Trésor

L'île des esclaves

L'illusion comique

L'Ingénu

L'Odyssée

L'Ombre du vent

Lorenzaccio

Madame Bovary

Manon Lescaut

Micromégas

Mon ami Frédéric

Mon bel oranger

Nana

Ne tirez pas sur l'oiseau moqueur

Notre-Dame de Paris

Oliver twist

On ne badine pas avec l'amour

Oscar et la dame rose

Pantagruel

Le Misanthrope

Perceval ou le conte du Graal

Phèdre

Ravage

Roméo et Juliette

Ruy Blas

Sa Majesté des Mouches

Si c'est un homme

Stupeur et tremblements

Supplément au voyage de Bougainville

Tanguy

Thérèse Desqueyroux

Thérèse Raquin

Ubu Roi

Un Barrage contre le Pacifique

Un long dimanche de fiançailles

Un secret

Vendredi ou la vie sauvage

Vipère au poing

Voyage au bout de la nuit

Voyage au centre de la terre

Yvain ou le Chevalier au lion

Zadig

À propos de la collection

La série FichesdeLecture.com offre des contenus éducatifs aux étudiants et aux professeurs tels que : des résumés, des analyses littéraires, des questionnaires et des commentaires sur la littérature moderne et classique. Nos documents sont prévus comme des compléments à la lecture des oeuvres originales et aide les étudiants à comprendre la littérature.

Fondé en 2001, notre site FichesdeLectures.com s'est développé très rapidement et propose désormais plus de 2500 documents directement téléchargeables en ligne, devenant ainsi le premier site d'analyses littéraires en ligne de langue française.

FichesdeLecture est partenaire du Ministère de l'Education du Luxembourg depuis 2009.

Plus d'informations sur www.fichesdelecture.com

ISBN: 978-2-511-02831-5